新しき明日へ

池田 功 詩集

土曜美術社出版販売

詩集

新しき明日へ

＊目次

I

詩集

新しき明日へ

I

ワニの猿ぐつわ

アジアにかぶりついたワニ
海の中に押し戻されて半世紀
日本国憲法第九条という
猿ぐつわをかませられ
自らかませなおして
背中だけ見せて横たわっている

陸地から初めてワニを見た日
跳びかかろうとするその勢い
猿ぐつわの隙間から見えるキバ

荒い鼻息
我が母国ニッポンの
恐ろしそうな面つきに驚いた

「我らはその猿ぐつわをはずさず」
海の中の胴体の叫びは
ギョロリと光った眼に怖れをなした
異国の人達に信用されてはいない

国境という柵を
柵を越えてはならぬ判断力を
ワニよ
猿ぐつわの痛みの中で
ゆめゆめ忘れてはならない

日本の地図

「最近領土が増えましたか?」
一瞬ギクリとする
「埋め立てによって土地が増えましたかということです」
言い直されてホッとした
日本の地図を前にしての会話であった
この何気ない言葉が
ブラックユーモアになる
暗い歴史が横たわっている

一九一〇年

（地図の上朝鮮国にくろぐろと墨を塗りつゝ秋風を聴く）
石川啄木が日韓併合の時に詠んだ
朝鮮の民への哀悼の歌である

Japanese　invasions

物語の世界が飛び出してくる、歴史の舞台
かつて私以外にも、この僻村まで足を踏み入れた日本人達がいた

それはそれは、ひなびた砂利道が続く山奥で
時代に忘れ去られたような、小さな村の
山寺があったという高台で
案内板の、「Japanese invasions」
ただその一言が
四百年前の、侍たちのざわめきを伝えている
「destroyed fire during the Japanese invasions of 1592-98」

秀吉よ、おまえが大坂城で権力に驕っていた時
おまえの、何の恨みもない海を越えた土地で
私の眼の前の、小さな小さな山寺が焼かれた
おまえの夢が強いた、犠牲の跡地に私は立っている
しかし、今はただただおだやかな春の光に包まれ
青葉がまぶしい
鳥の鳴き声すら聞こえている
この国の歴史を深く身にまとった、里人の姿によって
四百年前のざわめきは甦ってくる

小さな村は貧しい
段々畑に果樹園があるだけだ
土台だけになって、再建できぬ僻村に
「壬辰倭乱《インジンウエラン》」の怒りを消すまいとする
ひそめられた眉の皺は深い

サクラ

かつて侵略国の象徴であったサクラ
光復《クァンボク》後、切り倒されたと噂に聞いていた
しかしこの四月
韓半島に咲き乱れるサクラ
仏国寺《プルグクサ》に咲き乱れるサクラの美しさ
花見に集う人達の満足げな笑顔
その似つかわしさ

内面からほとばしる
深い美しさを湛えたもの

魅力あるものは
人間の作った境界など問題にしない

サクラをなぜ日本のものだけにしようとしたのだろうか
国の木と定めることにサクラの同意を得たのか
自らの意思で従っていないものを
イデオロギーで支配することなどできやしないのだ

コレハ、サクラデハアリマセン。「벚꽃」デス

文字の無い世界のものに
人間が勝手に名づけた言葉なんか通じはしない
だがしかし
その幻想の国の言葉を使ってしか心の内は表現できない

ネーティブ・スピーカー

無表情から笑いへ
男は切符を投げながら
見抜きましたぜだんな、と笑う
うまく化けても尻尾が見えてますぜと
その一言は家に帰るために必要な地名なのだ
「慶州《キョンジュ》」と言うだけで
彼との間に国境が
見えないはずの国境が引かれる
日本人には難しい発音が
住んでいる土地の名前にあるとは

肌寒いものを感じながら切符を受け取る
男は「そうそうありましたね」と眼で語る
あの時も二言、三言で我々を見抜きましたね
関東大震災の時でした
「五十五円五十銭」
それが命取りで

笑いから無表情に
頬をこわばらせて男を見ると
次の客に切符を投げている
全ては何事も無かったかの如くに
発車のベルが鳴る
全ては何事も無かったかの如くに

サイレン

サイレンが青空に吠える
短く、鋭く、不安そうに
真昼を知らせるものではない
火事を告げるものでもない
人々を駆け足で走り去らせ
一瞬にしてゴーストタウンを演出させる
避難模擬訓練

ここは準戦時体制下の韓半島
役者が銭をもらって走り回る

映画村ではない

仮想敵国

直線二キロにわたって分離帯が無くなる高速道路
この臨時の飛行場に突入した飛行機は
みな轟音をたてて飛び上がる
操縦桿の脇には爆弾のスイッチがあり
目標へのレーダーが作動する

さて仮想敵国は？
仮想敵国？
仮想敵国だなどという
なんとにやけきった言葉か

有刺鉄線で囲われた基地があらわれ
カーキ色の軍用機があらわれ
銃で武装した兵士があらわれる
最前線まで
戦闘機でわずか十分ほどか

火炎瓶

デモは必要です
私たちの国を良くするために
女子学生は、風のようにさわやかに言い
瓶にガソリンを注入しラシャの布を口に詰め込むと
即席の武器はできあがる
日本では安保闘争や成田闘争を映し出す映像でしか見ることのなかった火炎瓶が
日常の風景としてそこにある

飛ぶ距離はわずか二、三十メートル

口に点火され、放物線に投げられ
戦闘警察の足元に落ちる
白昼に爆発する炎は道路を焦がす
折り返し機関銃のようなカーン、カーンという鋭い金属音
催涙弾が頭上を襲う
呼吸困難を催す毒ガスも
「もう慣れました」と笑う

戦闘は三十分ほど
火炎瓶が無くなったところで
大学正門前での闘いは終わる

真冬の対馬海峡

関釜フェリーの食堂で、一杯機嫌の赤ら顔の六十代のアボジが、湯飲みの茶碗が無いと怒りだした。アボジは湯飲みを給仕から奪い取ると、二杯のお茶を飲み干して、また、元の席に戻って焼酎を飲みだした。

その有り様を見ていた観光のために韓国に行くらしい中年の日本人男性が、アボジに話しかけた。「何をしに韓国に行きますか」と。アボジは不機嫌そうに、「旧正月を過ごすためだ」とぶっきらぼうに応えた。中年の男は「いいですね！」と相槌を打つつもりで言った。ところがアボジは急に怒りだした。「何がいいもんか」と。もう一度「何がいいもんか」と言うと、後は聞き取ることができないような、小さな声でぶつぶつとハングルまじりでつぶやき始めた。男性は話しかけるのをやめると、食事を再開した。

アボジの年齢とそのさえない身なりから、私は瞬時にアボジの過去と現在を感じ取った。アボジは海を渡った国でうまくいかなかったのだろう。私は暗くなった真冬の対馬海峡を見ながら、急に怒りだしたアボジの姿にこの海峡を渡る人達の複雑な胸の内をあらためて考えさせられた。対馬海峡を渡った何百万人の人達の心は、この激しい波のように歴史の波にあっちこっちにゆすられていたのだ。

今日は、一九八九年一月三十一日。「昭和」が終わって二十日ほど経っている。

薬水《ヤクス》

この水の透明さには
例えばオフェリアの死のような
悲劇を感じさせずにはおられぬ冷たさがある
澄みすぎる心には狂気が宿り
濁れる水にのみ込まれまいとする
孤立した厳しさがある

人々はこの水を飲むために
山奥深く足を運ばなければならない

痩せ牛

骨格がゴツゴツ尖って
みるからに痩せた牛が
スキを引いて大地を耕している
のっそりのっそりと動く牛に
さらに痩せて頬のこけた老人が
表情のない顔をして引っ張られていく
秋の実りが終わった土地はカラカラに乾いて堅く
人間を受け付けぬような厳しさがある
隣では土ぼこりをたてながら
耕耘機で耕している中年の男がいる

秋の夕暮れの大地はもう肌寒い風が吹いている
鼻息をたてながら痩せた牛は
自分に与えられた宿命を
ただ黙ってのっそりのっそりとこなしている

蜂蜜採りの男

金網の防具を横に
茶箱に詰めた蜂を載せ
牛に引かれて荷車で移動する
蜂蜜採りの中年男
コスモスの咲き乱れる
河原に店を開いたと思ったら
山間の野菊の中で野宿だ
男の財産は生きた蜂と大地に咲き乱れる花だ
境界を越えた所で
誰からも恨まれるわけでもなく

まるで善意の奉仕者でもあるかのように
今日も旅をしていく
ああ、その後ろ姿ののどけさ

レフリー

世界タイトルマッチとやらのボクシング
ご当地国のチャンピオンと暑い国から来た挑戦者
大観衆の視線は一方的にチャンピオンに注がれる
ハーフタイムのビデオは自国のパンチを再生する
小柄なボクサーを分ける年老いた大男のレフリー
中立国の眼で両者を分ける
だが、レフリーもまた生活者だ
頼まれて報酬をもらっている中立国の精神だ

敵国に来ている挑戦者は

倒さない限り
判定では勝てないことを良く知っている
みなそれぞれの立場があり生活がある

最終ラウンドが鳴ってしまった
さあ、どうするレフリーよ
中立国とやらの異国のレフリーさんよ

布団の中で

透き間風がこぼれる
アパートのせんべい布団に入って
ブルブル震えながら
少しずつ暖まっていくのを待っている間
アルコールの酔いでほてった身体が
冷たい布団の中に伝わって
段々暖かくなって
蚕のような住み心地になっていく
その間の苦痛をともなった快感
そんなふうにして異国に慣れて暖まっていく

Ⅱ

学園から・四月

散っていく花びらが見上げた人の頬に触れて
振り返った横顔は
テキストの人

老革命家の顔は
時代から浮かんでは光り
今は校舎となった老木の跡地で消えた

「夜明け前のさよなら」を覚えた頃
偶然出会った男の後を追った

歩を止めて振り返られた時
尾行されたありし日の習慣なのかと思ったのは
戦前を知らぬ青年の感傷か

ガイダンスを終えて
作品をつぶやきながら
文庫本を脇に抱え
肩をすぼめて足早に歩く
あの人がそうであったように

学園から・五月

薄暗きゼミ室の
右と左に坐った学生達の
出席をとりながら確認する国籍
十五人の留学生達の国境は
重く長い

私の中の地球儀は
日本語で括られ、成績で管理される
かくも悲しき連帯よ

「五月、日本の美しい季節です」と話すと
「私の国の方が、もっと自然が多くてきれいです」と
一人の女子学生がそう話したので
私達はゼミ室を出て
つつじとれんぎょうの囲む
校庭の芝生に腰を下ろした

車座になったあなた達の顔から
やっと笑みがこぼれた
私はテキストを置き、しりとり遊びを始めた

墨訳

ぼくやく？　すみやく？
『広辞苑』にも『大辞泉』にも載っていない言葉が
私の中の辞典にそっと載せられる

午前六時五十分
九人の点訳者と三人の教授と五人の事務員が
一人の視覚障害者用の入試に立ち向かう
分かち書きの
どうおんいぎのない、かなだけのせかいが
ボランティアの女性達により

パソコンに打ち込まれる
プリンターから打ち出される点字
読み合わせをする二人の視覚障害の男性
指をなでるだけで
真っ白な紙から
ドイツ語が読み出される

白い杖をついた男子受験生
別室で入試が始められた
ガラーンとした部屋にガチャンガチャンと点字の音が響く
目となった指
空を睨みながら解答が生み出される
「あと五分です」という声に
耳は耐えきれなくて、ぴくりと震わせる
一般受験生の一倍半の時間が終わり

来た道をコツコツと音を立てながら戻る
「すみやくを始めます」
すみやく！
初めての言葉
点字の解答を普通の言葉に直すのだ
大辞典にも載っていない言葉の世界

指で認識し、耳で考える世界
かなだけの、色のない世界を
生きている人達
大辞典にも載っていない世界がそこにある

リストカット

みみずばれした両手首を出しながら
家族との関係が悪いのです
鮮血を見ている時だけ生きている実感がありますと
女子学生は涙ぐみながら話す

両腕の入れ墨のようなカミソリ傷を見せながら
無我夢中でしたと男子学生は眉間にしわを寄せる
引き籠もりをしたので将来への不安があると言ってから
偏差値社会の敗北を嘆き始めた

学生相談室の窓の向こうでは
木漏れ日を浴びながらボール遊びをしている学生達
芝生でひなたぼっこをしている猫の親子
小さく閉ざされ冷房の効いた部屋では
死を見つめた会話がなされている

表現手段は他にもありました
女子学生は一寸ムキになって
日記や詩や小説も書いていましたと話す　でも
読み返す辛さに堪えられないのでやめましたと
手首を傷つけることが依存症になっています
この手段がないともっと大変なことをしてしまいそうですと
十八歳のおびえた目は訴える

表現手段のリストカットに

気づいてはくれない悲しみが傷を増していくのだろうか
ああ、それにしてもなんと真剣な表現だろう　しかし
それはまたなんと貧しい表現なんだろう
肉体を傷つけることを通してしか感じられない
あなた達の生
肉体を傷つけることを通してしか訴えられない
あなた達の表現
これからあなた達は傷つけられた肉体を背負って
生きていかなければならない　その傷に
青春の重苦しい心が宿っていくことだろう
そしてきっと青春の誤りであったと思う日もくることだろう
どうかその表現をリストカット以外にすると約束してほしい

交換不可

自傷の女子学生は伏し目がちに
口うるさい両親をなじった
暖かい言葉が欲しかったのに要求ばかり
他人と比較ばかり
大学をやめて働きたいがどうしたらよいか

暖房のきいたカウンセラー室の
修理したばかりの時計が正確な時を刻む
愛されていないと感じる満たされない心
癌の細胞みたいに増殖するばかりの

愛されたい願望
外科手術で取り去ることができたらどんなによいことか
心に巣くう病たちを

「再生した時計みたいに
どこかの親と交換することはできますか」
失笑する学生と真剣な私
交換不可の親子の闇に
明かりを灯せるのはあなた達なんだ

ブルーシート

十七時五十二分
電車のけたたましい警告音が鳴り響き
とっさに前方を見ると
ホームから小学生の女の子がフロントガラスに飛び込んできた
ダイブするように両手を前に投げ出して
「見てしまった」という思いで動悸がする
電車はギギーという鈍い音と共に急停止し
アナウンスの後、若い運転手はすぐに線路に降りていった

夏休みになったばかりの土曜日の夕方

エアコンが効いた車内のまばらな乗客達は
息を詰め線路を見ている
駅員が集まり、救急隊員が来て、警察官が来た

十五分後に
ブルーシートに覆われて少女はホームに上げられた
その瞬間、隙間から完全な両足が見え
左の腕がかすかに動いているようにも見えた
まだ、生きているのだろうか
ブルーシートはさらに重ねられもう中は見えない
「相手者の救出が完了し警察の現場検証をしています」
二十代の若い運転手は冷静にアナウンスをしている

四十分後にブルーシートで目隠しをされたまま
駆け足でホームから移送されていった

少女がどうなったのかの放送は何もない
六十五分後に運転は再開されたがあたりはもう暗闇になっている
人身事故の処理は機械的に終わり
また日常が再開されていく

夏休みになったばかりの土曜日
少女にどのような苦悩があったのか
学校でのイジメだったのか
それとも家族の口ゲンカだったのか
そこから生まれた激情が
幼い少女を自死の道へと向かわせた
死に向かおうとするそのエネルギーは
生きようとするエネルギーとは正反対だが
その強烈なマグマの噴火は激しい

ウクライナでは大国の侵略により
多くの人々が戦禍にのみ込まれ犠牲となっている
アフリカやアジアを中心に八億人が飢餓に苦しみ
それが子供達の発育阻害になっているという

戦争が起こっているわけではないニッポン
経済大国のニッポン
しかし、死を望もうとする少女の息苦しさは
ブルーシートの中で爆発している

面接試問

君たちの回答は
どいつもこいつも
凍った能面みたいで
試験場にさっと風が吹いて
声がかき消されても
練習された答えは予測できる

型から入っていく
これが人生だと
十七歳の後ろ姿が語っている

試験官たちは
公式の通じない例外の世界を
一人で歩いている
答えの予測できない問題を
何年もかかって考えている

舞台が終わって
扉を閉じて
ピースピースと合図する受験生
そこから
本当の面接が始まっていくんだよ

学生服

詰め襟に校章をつけ
ダボダボのズボン
団旗をもった学生服の一団は
かけ声と共に野球場に駆けて行った

金縁のサングラス
蠟が塗られた学生帽
吹き出した汗が肩に落ちる
金具をつけた革靴の音が
日傘をさした女子学生越しに響く

校門では
煙草をふかす上級生に
挨拶する下級生のしゃがれ声
命令と服従に酔いしれる
二十歳の髭面の顔がある

立ち止まることを許さぬ力
せかされながら仰ぎ見る太陽
ああ、こんなにも空は青いのに
染みのような黒色の一団は
私の心から拭えない

逆行していくエネルギー

江ノ島から雷鳴がとどろく
ボート競争でも飛行機の爆音でもなかった
百台からの暴走族のバイクが白昼の闇を貫いて走っている
改造ハンドルと巨大なマフラー
はずされているナンバープレート
缶ビール片手の飲酒運転
髪の毛をなびかせた少女
鉄パイプを振り回しているのもいる

島に向かう車はあっけにとられ

映画のシーンが演じられているような
現実感の無さで走らせる
十分後、波の音がよみがえった

治外法権の群衆
学校や家庭や社会への不満
思春期の爆発という
逆行していくエネルギーを抱えて
法律のらち外からやってきた少年少女達
目立ちたい、自分が認められたい
甘えたい、怒りを表現したい
並はずれたエンジン音と違法行為の中で
あっけにとられた大人達に存在感を誇示する

一人一人の少年少女達の幼い顔

二十代後半のリーダー格の男は
あたりを見回しながら走っている
逆行していくエネルギーは
想像力と方向性を見失って
夕陽の中へ消えていく

ガリ版刷り

習いたての不揃いのひらがなたちが
ねずみの足のように這っている
ガリ版刷りの小さな冊子

日本で使われなくなった
ガリ版が寄付されて
送られて来た途上国の冊子

未知の国の文字との格闘
絵文字から文字への進化の過程が見える
笑みがこぼれる暖かい冊子

大きくなって日本へ行きたいと
あなた達のあこがれるニッポンは
強い経済力と機械文明の発達した国

地球の反対側の子供達の
夢を載せた冊子に込められた願いは
貧困からの脱出と豊かな生活

塾通いに疲れたニッポンの子供達に
パソコンを消させ
夢を語る返事を書かせた
地球の未来が託されている子供達に
謄写版の冊子から
つながっていくこころがあると信じて

若い作業療法士

五つのキーボードが押され
トーキングエイドから「こんにちは」の声
電動式の車椅子から見上げている目

話すことのない若い女性にワープロを教える
文字の移動や拡大、複雑な機能はマスターしたが
一向に書こうとはしない文章

教科書のようにはいかぬ現場の感覚
あせったり感情的になったりすることは禁物だ

簡単に分かったふりをしてはならぬ
同情したり、救済者になったりしてもいけない

一人一人に見合ったプログラム、目標、教え方がある
ここでは最大公約数は無力だ
柄を曲げたスプーンや片側を深くした食器
世界でたった一つの自助具に囲まれている

クラシック音楽が流れ
作業の音が響く福祉施設の中で
若い作業療法士はじっと待っている
表情のない女性が心を開くのを

それぞれの家には

それぞれの家にはそれぞれの悩みがある
ただ固い殻に覆われているので他人に知られることはない

ドアを蹴り大声でわめいている青年
中に入ろうとどなっているのだ
その青年の脇に赤ん坊を抱いた茶髪の少女
近所に聞こえる大声でますます青年は興奮する
少女がノックし「入れてよ」と騒ぐ

日課となった夜の散歩

騒音を後にしながら
できて十五年程経過した団地を一周する

戻ってくるとパトカーが止まっていて
二人の警官が青年を説得している
「何度も何度も手紙を書きましたよ」
そんな声が一瞬聞こえる
遠くで勤め帰りのサラリーマンが見ている
しかしその家の親は出てこない
「自分の家になんで入れないのよ」
少女はポツリと言う

庭の広い立派な家
この家を買うために共働きをして苦労したのかもしれない
子供達のためにと思って

それぞれの家にはそれぞれの悩みがある
明かりの灯った家は暖かそうに
外からは見えるのに

Ⅲ

アルピニストの男　一九九四年十二月十日、多摩地区大停電

ニュータウンがくしゃみをして
大きく咳をしたら
十一万戸の灯りが消えた
ベランダ越しに辺りをうかがう人々が
懐中電灯にすがりつきながら
あきらめ顔で部屋に入る

充電されていた非常灯も消え
ニュータウンは造成前の闇に包まれている
使えぬエアコンの下、布団にくるまって

いつになるかわからぬ復旧を待っている

腹立たしさを書き留めようと
懐中電灯の灯りでメモをとる
ナチに追われる「地下水道」のポーランド人
小さなライトを手がかりに
悪臭の立ちこめる暗闇を彷徨う
そんな一場面が脳裏をよぎる

息苦しくなってもう一度ベランダに
信号機も看板も消えて暗闇と化した町が
北斗七星の下、コンクリートの姿をさらしている
ケーブルを嚙った
わずか数匹の鼠のために
三十万の人間は闇の世界に追い込まれた

多くのひれ伏している人々の中で
たった一件灯りがついている部屋がある
ランタンを灯し何事もなかったかのように
アルピニストのヒゲ面の男は星を見ている

秋水の墓

ただこの四万十川の流れを横に
ひっそりと生きて行く道もあり得たはずなのに

高知県中村市の正福寺の墓地
夕闇迫る中、小さな案内板を捜しあてる
ビルと崖に囲まれた
荒れた小さな墓地の中にそれはあった

一メートル二十センチ程の四段の石に
わずかに幸徳秋水と読める文字

中村地区労働組合協議会の建てた
標識がなければ誰も分かるまい

逆賊の汚名を着せられ
処刑されて八十五年
国家権力の犠牲者であるのは明らかなのに
一度着せられた汚名はなかなか消せない
明かりの灯った隣のビルは裁判所
死してなお権力に監視されつづけるのか

暗闇の四万十川に走り去る人影
死を賭して川の流れと闘う
激流に足を踏み入れた男を
故郷人は暖かく見守っている

デンデラ野

八月の暑い日差しが
きれいに植えられた大豆畑を照りつけ
一面にそよ風が吹いている

ここが姥捨て山だったと
知らぬ顔をする遠野のデンデラ野
深山幽谷にあるわけではない
帰ろうと思えば帰れる近さ
帰らないのは死をも強いる
村の掟に従ったから
口減らしのために六十歳になるとここに送られる

死ぬこともできずに昼間は里に降りて野良仕事
夕方になれば僅かな食料をもらって戻ってくる
ここはこの世とあの世の境

夜のとばりが降りると
地中深くから老人達の歌声が聞こえる
深い闇の中で老人達は歌う
それは一人でこの世への決別を行う
恐ろしい孤独さに満ちている
寂しすぎて黙っていられなくて出てきた泣き声だ

優しい顔をした土地の下には白骨が埋まり
数多くの物語を秘めながら旅人を煙に巻く
呼び止めるのは
定めを受け入れた人々の生への諦念だ

新聞広告の裏に書いた詩

パソコンが壊れた
仕事が止まった
画面が暗くなって消えて行く
奇病にかかって三週間の入院だ

液晶に書き込んで行くことが文章であると思っていた
ぽかんとしてから
ペンを持ち出して紙に向かった
書けない漢字、抵抗する紙の力
読み直しが苦痛な下手な字

吐息をついて曇り空を見上げる

「銀河鉄道の夜」は反古原稿の裏に書かれている
マス目もない汚れた用紙にペンで書き殴られている
「セロ弾きのゴーシュ」はワラ半紙に赤いマジックで走り書きされ
赤と黒のマジックで徹底的に推敲された

今、捨て去ろうとした新聞広告の裏にも
無数の詩が宿っている
ただその荒涼とした世界に踏み込んで
魂をとらえることができるかどうかだ

一寸広くなった感じの部屋を見渡し
ふと、喜びに満ちた笑みがこぼれてきた

誘い水

動かなくなったポンプに水を入れ
えいっとばかりにスイッチを入れるが
ウーンと小さくうなったまま空回りをしている
あせることなくもう一度
もう一度と繰り返して水を入れる
少なめに、多めにと
工夫をして何度も繰り返す

壊れてしまったのだろうか
いやそんなことはない、そんなことはないだろう

誘い水の仕方が悪かったのだ
努力の足りなさだ

もう一度、もう一度と繰り返して
もう日が暮れかけている
いつになったら……
それはついにこないのかもしれぬ

ポンプの出口からほとばしる水しぶきを夢見て
もう一度、もう一度と誘い水を入れてみる

大海原の航海

今、砂だらけの地面
そこは大昔、海の底であった
いや、今、群青の大海原も
未来都市に変貌する時だってある

一編の詩に書き悩み酔いつぶれる日々
難破船に閉じこめられ海の底に沈んで行く
そんな夢にうなされて起き出す
月明かりの中で書きついだ詩を見つめる
闇だけがあたりを支配する

今、岩だらけの小高い山
そこは大昔、海の底だった
いや、今、荒れ狂う大海原は未来都市になり
高層ビルの地下深くで
かつての青春をかいま見ることができるだろう
しかし、その変貌の苦悩を知る人は
誰一人いない

天寿ガン

野心はない
あるのはただ裸の存在だけだ

「今は生きるのが仕事だ」
それは生きる以外の選択肢を許さぬ
詩人としての厳しい孤独な姿だ

七十七歳の死に際して　家族は
天寿ガンの存在を明らかにした
若い医師は外科手術の手遅れを話したが

侵された内臓は数年間持ちこたえた

舵を失って　荒海の中を　何キロも彷徨いながら
ゆっくりと沈む大型船の最後
人間に支配される事なく　無為自然のままに
死の瞬間だけ　船は船の命を生きた

力尽きて　一万メートルの暗闇に
垂直に　沈む
威厳を湛えながら

大きな泡が海面に浮かぶ
それは丁度
詩人が残した作品のように
いつまでも消えることはなかった

ダンナ芸

取り巻きが褒める
旦那はにこやかに笑う
最高級の三味線から鳴らされる音は
とちりながら失速する
「習いたてにしてはうまいですね」と師匠は言う
これで生活するわけではない
隠し芸で一つやれればよい
師匠は授業料分だけ疲労する

師匠は内弟子を褒めない
小さな子供であれ泣き出すまで指導する

何度も繰り返すが
師匠のような音は出せない
単純な楽器の奥に潜むデモーニッシュ
それをとらえて表現せよと
何度も何度も繰り返させる
一人残された目の悪い少年は
暗い部屋でバチをはじきながら涙にくれる

旦那は部下を前に喝采を浴び
何事も無かったかのように日常に戻る

終わりの無い課題を課せられた少年
明け方、薄明の中で
身体と一体になった三味線から
澄んだ音が響いた

劇場の中の盲導犬

劇場の中のもう一つの劇空間
事実の重みをもった世界が
暗闇の中で静かに演じられている

最前列に横たわる盲導犬
芝居を見に来た客のものなのだが
プロの役者よりも上手に
眠る役を演じている

うつむいたまま芝居を聞く中年の男は

忙しげに点字のシナリオをこする
途中からあきらめたのか
耳だけを頼りに舞台を鑑賞する

盲導犬が立ち上がり
観客の視線がもう一つの劇空間に注がれる
男が静かに手をやると
何事もなかったかのように横たわる

「アンナ・カレニナ」の絶叫と盲導犬の眠り
虚構の中に現実が混じり込んで
生の苦悩と喜びの二重奏が奏でられている

四人部屋

入院して三日も経つといびきの主が分かる
グーグーガガは右隣り
ガーガーググーは後方の左
時々呼吸が止まるのは後方の右
白いカーテンに仕切られた四人部屋
みんな重い病と格闘しているおじいさん達だ
胃や肺を切り取ったり
膵臓癌の末期らしき患者までいる
六十代の私は若造の新参者

夜中に何度もナースコールを押して
ヘッドライトをつけた看護師を呼ぶ右隣
スタッスタッという足音が聞こえ
カーテン越しに灯りがチラチラと光り
カーテンを開ける鋭く短い音が響く
酸素ボンベが運び込まれて
少し後に看護師は部屋を出て行く

午前六時の起床とともに部屋が点灯される
昨夜のことが何事もなかったかのように
看護師はみんなの血圧や体温や血糖値を測る
声を出して確認するので
みんながみんなのことを知っている
プライバシーよりも安全が大事なのだ

昼間は不思議なほどの眠気に襲われる
面会があったり診察があったりと
ベッドから抜け出してそれぞれの昼を過ごす
そして二十一時の消灯とともに
再び一畳ほどの囲いの中で
それぞれの夢をみながら
孤独な夜を友とする

泣き声かうめき声かうなされ声か
静寂の中でいびき以外のかすかな音
死の不安の中でみんな懸命に生きている

会社閉鎖

出版不況と言われていた
学生がテキストを買わなくなった
紙文化が終わったとも言われた
そんな中であなたたちは頑張ってきた
二十人程の会社だったが
創業七十年の気負いも捨てて
全社員一丸となって売りますとも社長自らが言った

いきなり伝わってきた倒産、廃業、破産
だが、社長は「会社閉鎖」とメールに書いてきた

「負債額五億円、
既に二〇一二年頃から販売が落ち込み以後も改善せず、
二〇二〇年二月に廃業を通知し事業を停止」と
新聞は客観的に小さく書いている

学術書という地味な出版社は
確実な出版ばかりに向かった
事典や研究書やテキスト
高額な定価をつけて図書館や研究費での購入をねらったが
多くの図書館は買わなくなった
自分の図書館に無ければ連繋により他の図書館から取り寄せる
ネットによって調べることが多い時代になった
テキストもコピーする
すべてが逆風に転じていった
もがきあがきながら生き延びてきた

しかし、目録の刊行した本を見ると
学問の灯は燦然と輝いて見える
日本の文化を担ってきたあなたたちの魂は
決して消えることはないのだ

縄文杉

落伍者になれるほど社会は甘くない
親や教師や恋人までが共同謀議して
エリートへとかりたてる
せっせと勉強し、黙々と仕事をする
期待を裏切れぬ弱い心は
幻想の階段を駆け上がる
その道しかないかのように

屋久島の縄文杉が生き残ったのは
曲がりくねってゴツゴツしていて

人間の使いものにならなかったからだ
時代の価値観から遠く隔たって
孤立していたからだ
それがある時から
神々しい光を放ち始めた

落伍者になれるほど社会は甘くない
背の高い整った杉に成長を促され
光を求めて伸び上がると
待ってましたとばかりにバッサリと切り倒される
一瞬の賛辞を与えられて

屋久島の縄文杉がぼそぼそと言う
「私は何も大層なことはしていません」

何も置いてない部屋で

何も置いてない部屋で
大の字になる
真っ白な天井の小さな茶色の染み
三輪車のひきずる音
六畳の部屋に満ちてくるもの

何も置いてない部屋を作りたかった
ただ真っ白な壁と天井だけの部屋
そこで大の字になって夢を見たかった
知識が空っぽになった夢を
過剰に過ぎる世の中の

悪夢を払うために

何も置いてない部屋から心に満ちてくるもの
創造力に満ちた古代人のたくましさ
流行を追わない鈍牛の歩み

真っ白な原稿用紙に向かった時の
不安と恍惚
武装を解除した
肩書きの無い素顔のままの自分と
向き合うために

捨て去って
捨て去って
私の心の中に満ち足りてくるものを求めて

あとがき

私は、一九八八年から二年間、韓国の大学で日本語と日本文学を教えるために赴任していた。私にとって初めての外国であり、様々なカルチャーショックの連続で言葉が沸いて出てきた。とにかくそれを書きとめることに必死であった。私の人生の中でも、こんなに書かずにはいられないという衝動に襲われたのは初めてであった。その形式は詩であり、また啄木の三行書き短歌をまねた三行詩であり、さらにはエッセイであった。そして、相次いで二冊の詩集と一冊の随筆集を韓国の印刷所から自費出版した。

最初に出した詩集『我が一九八八年 ―韓国・慶州にて―』（一九八九年）を、当時の「詩と思想」の編集者であった、故森田進さんや中村不二夫さんたちにも送った。すると森田さんから返信があり、韓国の私の大学まで会いに来てくださったのだった。なぜ森田さんがそこまでしたのかというと、森田さん自身が私よりほぼ十年前に、私と同じように韓国の大学で教師をされていたことがあったからであった。そんなことで、今に続く「詩と思想」とのご縁ができた。帰国後は、「潮流詩派」（一九九一年から二〇〇三年まで）に所属し、また時々「詩と思想」などに詩を発表して今日に至っている。

二〇〇三年から二年間、今度はドイツの大学に在外研究者として赴任した。その頃に

「りとむ短歌会」に所属して短歌を発表するようになり、それは今も続いている。つまり、私は詩と短歌の二つの表現をしているのである。しかし、そこに大きな矛盾を感じてはいない。もちろん三十一文字の型がきちんとしている短歌と、そうではない詩とでは大きな相違がある。しかし、啄木が詩と短歌の両方を詠み発表していたように、表現としては同じであると思っている。もっともどちらも難しいし、また自分なりにうまく詠めたと思える時はどちらも嬉しくなる。

今回の詩集のⅠは、韓国時代に書いた十四篇を、ⅡとⅢは、韓国より帰国してから書いた二十五篇を収録したが、Ⅱの方には学校や若者をテーマにした作品を、Ⅲには社会性や内省をテーマにした作品を選んだ。またタイトル「新しき明日へ」は、啄木の評論「時代閉塞の現状（強権、純粋自然主義の最後及び明日の考察）」（一九一〇年）の、「明日の考察！　これ実に我々が今日に於て為すべき唯一である、さうして又総てゞある。」をヒントにして決めた。国内外において戦争やコロナや経済不況が続く困難な時代にあって、人々に少しでも希望を与えることのできると思われるタイトルにした。

本詩集を刊行するにあたり、貴重なご教示をいただきました土曜美術社出版販売社主の高木祐子様はじめ、携わって下さいました皆様方に心より感謝申し上げます。

二〇二二年十月

池田　功

著者略歴

池田　功（いけだ・いさお）

1957年、新潟県生まれ

詩集『我が一九八八年　―韓国・慶州にて―』

（新田耕助のペンネーム。韓国ソウル市・聖学社、1989年）

『コーリア・1889』

（新田耕助のペンネーム。韓国ソウル市・聖学社、1989年）

単著　『若き日本文学研究者の韓国』（1992年）、『石川啄木　国際性への視座』（2006年）、『石川啄木　その散文と思想』（2008年）、『新版こころの病の文化史』（2008年）、『啄木日記を読む』（2011年）、『啄木　新しき明日の考察』（2012年）、『石川啄木入門』（2014年）、『啄木の手紙を読む』（2016年）

編著　『世界は啄木短歌をどう受容したか』（2019年）

現住所　〒192-0912　東京都八王子市絹ヶ丘3-21-1

詩集　新《あたら》しき明日《あした》へ

発行　二〇二三年一月二十一日

著者　池田　功
装丁　直井和夫
発行者　高木祐子
発行所　土曜美術社出版販売
〒162-0813　東京都新宿区東五軒町三―一〇
電話　〇三―五二二九―〇七三〇
FAX　〇三―五二二九―〇七三二
振替　〇〇一六〇―九―七五六九〇九

印刷・製本　モリモト印刷
ISBN978-4-8120-2740-0　C0092